Secretária Submissa (Interracial)

Coleção Dominação Erótica

Erika Sanders

ERIKA SANDERS

Secretária Submissa
(Interracial)

Erika Sanders
Serie
Coleção Dominação Erótica

Sinopse

Glória é uma jovem negra que procura com urgência um emprego para poder sair da casa dos pais e pagar o que precisa.

O Sr. Anderson está procurando uma secretária que atenda a seus requisitos exclusivos e exigentes.

Gloria pode aceitar os requisitos do Sr. Anderson e ser uma boa secretária ...?

Secretária Submissa é um romance com forte conteúdo erótico de BDSM e, por sua vez, um novo romance pertencente à coleção Erotic Domination, uma série de romances com alto conteúdo de BDSM romântico e erótico.

(Todos os personagens têm 18 anos ou mais)

Nota sobre a autora

Erika Sanders é uma conhecida escritora internacional, traduzida para mais de vinte línguas, que assina os seus escritos mais eróticos, longe da sua prosa habitual, com o seu nome de solteira.

Índice:

SECRETÁRIA SUBMISSA (INTERRACIAL)
ERIKA SANDERS

CAPÍTULO 1

Foi emocionante ver a jovem aspirante a secretária negra sentada na frente da minha mesa, especialmente sabendo o que eu sabia sobre ela.

As roupas que ela usava eram de poliéster barato de uma dessas lojas de descontos.

Era o mesmo que ele usava em sua primeira entrevista, exceto que ele tinha uma camisa diferente.

Ela tinha um belo conjunto de seios e parecia muito doce, muito inocente.

Ele estava sentado recatadamente com as pernas cruzadas, os nós dos dedos escuros, mas um tanto esbranquiçados, eram visíveis por suas mãos entrelaçadas e seu pé balançando nervosamente.

Cada vez que ela abria as mãos, era para inserir um piercing frouxo que parecia nunca ficar no lugar atrás de sua orelha.

Ele olhou ao redor do meu escritório para ver tudo, mas raramente parava para me olhar nos olhos.

Eu estava claramente nervoso.

E ela tinha todo o direito de ser.

CAPÍTULO 2

"Gloria, acho que estou preparado para lhe oferecer uma oferta de trabalho, mas há uma irregularidade em sua inscrição que devemos discutir primeiro", disse eu.

Seus olhos verdes se arregalaram como pires e se moveram de um lado para o outro ainda mais nervosos.

Ela engoliu em seco.

"Oh, o que é isso?"

"Bem, você vê," eu disse a ele. "Chegou ao meu conhecimento que existem algumas, vamos chamá-las de irregularidades, que você não mencionou em sua candidatura de emprego. Por exemplo, a pergunta na segunda página sobre se você já foi condenado por um crime que respondeu dizia não. No entanto, Quando fiz uma verificação de antecedentes, descobri que você foi condenado por furto. O que você fez? Você acha que eu não iria verificar? "

Ele tentou, sem sucesso, conter as lágrimas.

"Por favor", disse ela. "Eu tentei ser honesto antes. Mas eu nem consigo entrevista quando eles o vêem. Eu estava passando por um momento difícil na minha vida e recebi aconselhamento para ele ...".

"Roubo", eu a incitei.

Suas bochechas ficaram vermelhas.

"Sim. E isso nunca vai acontecer novamente."

Ela balançou a cabeça como se dissesse, de jeito nenhum, não como, não eu.

Ele estava quase choramingando agora, um gesto emocional, o que era bom.

Acho que é muito mais fácil lidar com as mulheres depois de terem chorado bem.

Sendo o cavalheiro que sou, abri minha gaveta e dei a ele uma caixa de lenços de papel.

"Obrigado", disse ele, enxugando o nariz e as bochechas.

"Isso é bom", eu disse. "Você e eu conversando assim ... colocando toda a merda para fora. Porque é isso que vai acontecer daqui em diante: honestidade completa. Você acha que pode fazer isso? Seja completamente honesto?"

"Sim." As lágrimas já estavam secando.

Ela ainda era bonita, mesmo com a maquiagem escorrendo.

"Há quanto tempo você está procurando trabalho?"

"Dois anos."

"Como você consegue sobreviver? Namorado ou pais?"

"Pais".

"Essa é a única roupa profissional adequada que você tem?"

"Sim..." Ele olhou para baixo e esfregou a mão sobre o tecido brilhante como se quisesse fazê-lo desaparecer. "Sinto muito."

"Não há nada do que se arrepender", disse eu. "Olha, vou ser honesto com você. A situação é contra você. Alguém pode entrar aqui e com muito menos do que você tem no questionário, conseguir muito mais do que você jamais obteria, se é que me entende. Eu, por exemplo. Não sou muito alto e era quase careca no ensino médio. Você acha que não tive que me arranhar, cotovelar e tropeçar nessa situação? Deixe-me contar. Tive que trabalhar cinco vezes mais do que deveria se tivesse era mais alto e parecia mais executivo. Era tentador desistir tantas vezes, mas eu tinha um objetivo em mente. "

Seus olhos se espantaram.

A choradeira e talvez minha fala provavelmente a fizeram se sentir muito positiva neste momento.

E ela precisaria de toda positividade que pudesse lidar.

"Então, Gloria, deixe-me fazer uma pergunta. Você está disposta a ter um objetivo em mente?"

"Sim senhor."

Ela estufou o peito com orgulho, deixando-me dar uma boa olhada em seus seios de marfim deliciosos.

"Sim, estou", concluiu.

"Ótimo. Você tem coisas ótimas para você que eu nunca tive. Por um lado, você tem grandes olhos verdes e um par de lábios sensuais. Lábios que ... bem, honestamente, lábios que os homens chamam de lábios. eles são feitos para sugar. "

Os grandes olhos verdes mostraram espanto novamente, mas eles ainda eram bonitos.

Os lábios, os lábios me deixaram ainda mais duro, como uma pedra.

Ele pegou sua carteira de couro da minha mesa e se levantou.

"Largue isso, Gloria, e fique sentada. Estamos conversando honestamente, não estamos? Dois adultos. Você e eu. Agora me responda uma pergunta. Você já fez sexo oral antes?"

"Sim, mas isso foi-foi-foi com meu namorado."

"E ela provavelmente parecia muito melhor do que eu. Bem, eu já contratei garotas antes. Garotas que eram mais bem avaliadas. Garotas que não tinham antecedentes. Garotas que nunca roubaram nada. Vê para onde estou indo por aqui?

Ele sentou-se novamente, agarrando a carteira desesperadamente.

"Sim senhor."

"Ótimo. Então não vamos ser mais inocentes aqui, nem como você comigo. Você e eu não somos tão diferentes. Agora você me entende?"

"Não", ele conseguiu pronunciar.

"Você pode me dizer o que há de errado com isso? Estou limpo. Não tenho nenhuma doença. Não espero sexo. Só um pouco de mel para os meus olhos que vai me excitar e um rápido boquete ... e é isso."

Bem, eu não estava sendo completamente honesto aqui.

Eu esperaria boquetes, muitos deles, e bem feitos, até profissionalmente.

E colírio para os olhos.

Veja bem, ela é um bom colírio para os olhos.

Ela estava olhando para o lado.

Eu estava pensando no que era bom.

"Sem sexo?" ela perguntou.

"Isso mesmo. Nada de sexo. Só um boquete rápido, assim como o presidente dos Estados Unidos. Sexo é superestimado de qualquer maneira. Eu prefiro boquetes. Com sexo você tem que se preocupar com as preliminares e toda a carreira. . Com sexo, você tem que se preocupar em beijar, amar e abraçar depois. Com boquetes, as coisas são muito mais simples. Boquetes são apenas para o prazer. Boquetes permitem que você retenha seu poder. Você pode receber um boquete em quase qualquer lugar e Mais importante ainda, nunca tive um boquete ruim.

Ele continuou pensando, mas ele não disse não.

Ela só precisava que ele vendesse bem.

E sou bom em vender coisas.

"Olha, pense nisso como um trampolim. Isso vai tirar você da casa dos seus pais e sair por conta própria. Você também terá um emprego e sabe o que eles dizem. É mais fácil conseguir outro emprego quando você tem um emprego."

Ele piscou a última lágrima e olhou para minha virilha.

"Você realmente vai me dar o emprego?"

Eu queria sorrir.

Tive vontade de rir.

Ela estava comprando o lote inteiro.

Fiz o meu melhor para conter minhas emoções.

"Eu disse a você, não disse?"

"Ok ... ok, eu farei isso."

"Ótimo. Por que você não fecha a porta e fecha?"

"Agora?" ela perguntou incrédula.

"Isso mesmo. Não somos amigos. Não somos amantes. Esta é apenas uma relação de negócios. O que você acha que eu vou fazer, acreditar na palavra de um ladrão condenado?"

"Mas há pessoas lá fora."

"E a porta será fechada", disse a ele. "Olha, pegue suas coisas e vá ou levante-se e feche a porta."

Ela se levantou, trancou a porta e ficou paralisada.

Jesus, isso não seria tão difícil do que eu pensava.

CAPÍTULO 3

"Agora venha aqui. Essa é minha garota. Nah, não se sente. Dê-me um pequeno show primeiro ... um colírio para os olhos para me deixar no clima."

Ele já estava duro como uma rocha, mas queria que ela trabalhasse para isso.

"Não entendo."

Ela entendeu muito bem.

Ele só precisava ser informado, ele queria que fosse ideia minha.

"Sabe, um pequeno strip-tease. Nada extravagante. Um pequeno show, nada complicado, um flash de calcinha, e me mostre seus seios. Me deixe no clima, garota. Caso contrário, você estará lá o dia todo."

Ela fez uma tentativa patética de mostrar um pouco de coxa e umbigo.

Minha ereção estava desaparecendo.

"Olha, é melhor você começar a levar isso a sério. Eu poderia começar com vinte mil ou trinta mil", disse eu. "Pense nisso."

Isso fez a diferença.

Ela não era boa, mas com o tempo aprenderia.

Ele sabia o suficiente para mover os quadris e esfregar as mãos sobre o corpo.

Ela me deu um vislumbre de sua calcinha de algodão branco.

Eu fiz uma careta.

Ela corou.

"Essa calcinha terá que ir. Não agora, mas você deverá usar algo muito mais sexy de agora em diante."

Lentamente ela desabotoou a blusa.

"De onde você tira sua calcinha, da balança? Não, não responda. Venha, tire. Você também pode comprar algo que você possa desenganchar pela frente, porque eu vou querer ver seus seios toda vez que você me excitar."

Ela tirou a blusa e colocou-a cuidadosamente sobre a mesa.

Então ela puxou as alças do sutiã de seus ombros e timidamente tentou rolar.

"Não volte", eu disse "Quero ver você bem."

Ela torceu o sutiã e abriu o fecho.

Seus seios eram grandes, com aréolas rechonchudas e irregulares e mamilos longos e pontiagudos.

Mmmm, meus favoritos.

Se ela fosse minha namorada, ela os teria beijado.

Mas as coisas são como eram, então por que se preocupar em pensar nisso?

Eu me inclinei na minha cadeira e abri minhas pernas.

"Tire meu pau para fora."

Ele puxou meu pau para fora da minha calça e segurou-o na mão, bombeando-o lentamente.

"Você sabe a diferença entre um boquete e uma punheta, certo Gloria?"

Ele olhou para o pau em sua mão e acenou com a cabeça.

"Beije-o de cima a baixo. Essa é uma garota. Observe-me fazer isso para que eu possa ver aqueles lindos olhos verdes."

Ela olhou com expectativa entre minhas pernas.

Ela era perfeita.

Eu sabia que não seria capaz de me conter por muito tempo com ela fazendo isso comigo.

"Agora chupe. Cubra os dentes com seus lábios carnudos, sim, esses lábios sugadores. Mmmmm ... oh sim. Você foi feito para chupar pênis, sabia disso? Agora o que eu quero que você faça é de vez em quando enquanto você faz isso. você tira da boca e abre os lábios e beija minha cabeça ".

Ela fez o que pedi, mas não foi o efeito que eu estava procurando.

"Não Assim não." Eu levantei meu pau e o guiei sob seu pescoço, então levantei seu rosto. "Franzir os lábios grossos e abrir um pouco a boca."

Ela fez.

A cabeça do meu pau agora estava emoldurada por seus lábios de batom enrugados.

Foi perfeito.

"Isso é lindo, agora eu quero ver isso saindo da sua mandíbula. Merda, não, não assim. Aqui, deixe-me ajudá-lo."

Virei sua cabeça para que sua mandíbula se projetasse do meu pau.

Seus lábios grossos estavam em volta do meu membro.

Deus, ela era tão gostosa.

"Olhe para mim, Gloria."

Ela olhou para mim com aqueles grandes olhos verdes, enquanto lambia a parte inferior do meu membro com sua língua de veludo.

"Porra, você é sexy. Aposto que seu namorado quer que você faça isso com ele assim o tempo todo." Eu disse a ele, fazendo suas bochechas ficarem vermelhas. "Vamos, baby, estou pronto para gozar agora. Chupe-me. Chupe-me forte e rápido e segure minhas bolas."

Ela desceu sobre mim, me fodendo com sua boca quente.

Era óbvio que ela tinha feito isso antes, e muitas vezes, e tinha caído no ritmo.

No entanto, ele queria que fosse sua tarefa usual.

Ele iria torná-la a Rainha dos Boquetes antes que ela conseguisse outro emprego.

"Mais rápido, Gloria, mais rápido," insisti, mantendo seu cabelo fora da minha visão para que eu pudesse vê-la em ação. "Chupar, chupar, chupar, eu não ouço você chupar."

Sua boca sugou e pingou, enquanto ele acelerava e abaixava meu pau.

Eu senti o sêmen subindo.

Eu quase disse a ele 'espera, eu vou gozar'. Você acredita nisso? Eu estava tão acostumada a decolar antes ... Bem retribuindo que quase esqueci que não precisava.

"Ugh, ugh, doce filho da puta. Estou pronto. Estou pronto pra caralho. Não se atreva a parar de chupar", eu a avisei, recostei-me no assento e agarrei os braços com força.

Porra, isso ia ser ótimo.

Senti meu pau inchar e ficar ainda mais forte.

Meu sêmen saiu.

Merda, ela me fez gozar como se eu fosse um adolescente.

Minhas bolas esvaziaram, bombeando meu suco quente em sua boca.

Ela fez um som desconfortável, mas continuou a sugar diligentemente.

Eu puxei meu pau de sua boca suavemente.

Seus lábios estavam fechados e um pouco do meu esperma vazou entre seus lábios franzidos.

"Abra sua boca para que eu possa ver." Disse.

Seu rosto estava vermelho e brilhante e seus olhos lacrimejantes.

Ele claramente não queria, mas no final fechou os olhos e abriu a boca.

"Deixe-me ver sua língua. Uau, com certeza dei uma boa carga, não foi? Não gozo assim há muito tempo", disse. "Vá em frente, você sabe para onde ele está indo agora. Pela escotilha."

Ele fez uma careta, colocou o rosto sorridente mais bonito que eu já vi e engoliu.

CAPÍTULO 4

"Você é um amor maravilhoso. Agora limpe meu pau e coloque-o de volta na minha calça. Depois disso, você pode se limpar."

Ela obedeceu silenciosamente, evitando meus olhos o tempo todo, como se ela fosse uma estranha, o que estava bom para mim.

"Você pode começar amanhã?" Eu perguntei.

"Sim, senhor", ela quase gritou.

"Bom," eu disse, puxando minha carteira. "Vou te dar meu cartão de crédito e quero que você vá comprar algumas roupas sexy. Por sexy quero dizer justas, curtas e finas e não, repito, não compre em lojas de descontos. Novas calcinhas e sutiãs com as mesmas especificações. Eu não me importo com o que as outras mulheres por aqui usam, você vai usar meias e salto alto para trabalhar, todos os dias. Se eu vou ter que olhar para você por oito horas por dia, então espero ver algo interessante à vista.

Ela assentiu, pegando meu cartão de crédito.

"Sorria, querida, espero sorrisos e uma atitude amigável se você for trabalhar aqui", disse eu. "E um agradecimento pela posição seria bom."

Seu rosto se iluminou momentaneamente com um sorriso.

"Obrigada", disse ela.

"Guarde os recibos. Você vai me pagar a tempo."

Deus, foi bom ser eu.

Sou dedicado a uma linda garota ...

CAPÍTULO 5

Dois anos depois. . .

Gloria entrou no escritório e trancou a porta.

Ela estava quase irreconhecível de como ela chegou aqui no primeiro dia.

Seu cabelo era uma massa de mechas de platina escura.

Sua roupa íntima foi selecionada no catálogo da Victoria's Secret, onde insisti que ela também comprasse todas as roupas de escritório.

Hoje ela usava uma saia listrada que envolvia seus quadris e se dividia até a coxa.

Por baixo de seu paletó esporte apertado, sua blusa branca estava desabotoada até o meio do peito, revelando um sutiã de renda e seus seios redondos e firmes.

Ela não era apenas minha secretária, ela se tornou a fantasia da secretária perfeita para qualquer homem.

Ele carregava uma bolsa no ombro, que colocou na minha mesa.

"Você está particularmente sexy hoje, Gloria. Você está tentando conseguir pontos extras para sua avaliação anual?" Eu lhe perguntei. "Bem, eu posso ser influenciado no último minuto se você me entende. Então me dê um show especial hoje. E é melhor você colocar todo o seu esforço nisso."

Às vezes posso ser um verdadeiro bastardo, certo?

A verdade é que ele já havia feito sua avaliação e estava muito boa.

O melhor que ousei dar a ele.

Gloria me deu um sorriso especial quando colocou a mão na mesa, seus seios jovens e firmes pendiam para baixo na parte de cima, e ela ligou o rádio muito baixo.

Então ele caminhou de volta para a porta, bem, era mais como se pavonear: um pé o movia dentro do outro, balançando seus quadris, trabalhando aquela bunda estreita e estreita do jeito que eu gostava.

Quando ela alcançou a porta, ela empilhou seu longo cabelo escuro platinado sobre a cabeça, se virou e colocou a têmpora dos óculos na boca.

Os óculos foram ideia minha, é claro.

Há algo sobre uma garota sexy de óculos que me deixa duro em um minuto, e eu já estava duro.

"Sr. Anderson", disse ele. "Você já viu meu sutiã novo? É muito sexy. Gostaria de vê-lo?"

"Claro", eu disse. "Eu adoraria."

"Eu não sei", disse ela, os dedos já desfazendo os botões da blusa. "Ele é como meu chefe e tudo mais. Não sei se ficaria bem."

"Mas você gosta de se exibir para o seu chefe, não é? O jeito como você se veste todos os dias, exibindo seu corpo. Você acha que eu não sei o que você está tentando me seduzir? Você acha que todo mundo no escritório não sabe? "

Eu não conseguia fazer ela corar como costumava fazer.

Ele era o único homem em um escritório cheio de mulheres.

E quando Gloria apareceu para seu primeiro dia de trabalho em seus ternos justos e salto alto, um silêncio caiu sobre o escritório quando todas as outras mulheres pararam e olharam para ela, sabendo instantaneamente como a nova secretária havia conseguido seu emprego e como pretendia. mantê-la.

Oh, como Gloria corou com o calor de seus olhares.

Eu estava de joelhos no meu escritório em questão de minutos.

Gloria estava sentada na beirada da minha mesa com suas longas pernas cruzadas.

Sua saia subiu mostrando o topo das meias e a tornozeleira.

Ela abriu a blusa, revelando o sutiã.

Era quase transparente: eu podia ver facilmente o contorno de seu mamilo rosa através do tecido.

"Você acha que é bonito?" ela perguntou.

"Eu realmente não consigo ver muito a dizer ainda."

Ela tirou a blusa e balançou o corpo ao ritmo da música.

"Você pode ver bem agora, Sr. Anderson?"

"Parece bom até agora, Gloria", eu disse a ela. "Mas eu estava me perguntando. Você está usando calcinha combinando?"

"Como você adivinhou?"

Mas você sabe, por mais divertido que fosse jogar o jogo inocente de chefe-secretária, não era o que eu queria hoje.

CAPÍTULO 6

"Gloria, e se pararmos com essa atuação inocente e você pular na mesa. Quero que seja má hoje. Quero que jogue essa merda na minha cara", eu disse. "Ah, e não se esqueça de tirar os calcanhares. Ainda tenho arranhões lá da última vez.

Ele finalmente corou um pouco.

Ela gostava de bancar a inocente ou mesmo a sedutora, mas nunca a stripper.

Felizmente para mim, não o paguei porque ele gostava de seu trabalho.

Sorrindo, eu a observei tirar os saltos e então a ajudei a subir na mesa.

Olha, eu também posso ser legal.

Ela estava de meia e não queria que escorregasse tentando subir na mesa.

Coloquei o rádio em algo um pouco mais legal, um pouco de hard rock ...

Quão apropriado.

Ele dançou, para mim, movendo seu corpo na minha mesa.

Ela se afastou e tirou as alças do sutiã.

Quando ela se virou, segurou o sutiã contra os seios, empurrando-o sedutoramente.

Seus seios bem torneados balançando como frutas frescas, ansiosos pela colheita.

"Vamos, Gloria," insisti. "Funciona para mim. Você sabe como eu gosto."

Ela já deve saber depois de dois anos.

Eu a levei a bares depois do trabalho, para que ela pudesse ver como os profissionais faziam.

Depois disso, ajudei-o em sua prática e dei-lhe minhas próprias sugestões sobre como ele poderia melhorá-la.

Ela se agachou e apertou os quadris, trabalhando sua boceta bem na frente do meu rosto, do jeito que eu gostava.

A pequena tira de pano que era sua calcinha, escorregou entre as dobras dos lábios de sua boceta.

Deus, ela era uma deusa e eu era o chefe mais sortudo do mundo.

"Porra, parece que sua boceta está tentando comer sua calcinha", eu disse a ele. "Vamos, deixe-me ver. Tudo."

Ela se levantou e enganchou os polegares no cós da calcinha.

Virando-se, ela os abaixou um pouco e se inclinou na minha frente para me mostrar seu pequeno ânus.

Em seguida, de volta para a frente, até que eu pudesse ver o leve traço de uma boceta nua.

"Droga, estou duro como uma rocha." Disse. "Deixe-me tirá-los para que eu possa ver aquele seu bebê maricas."

Ela se sentou e colocou os pés calçados com meias no meu colo.

Enquanto eu trabalhava para removê-la de sua calcinha, ela massageou meu pau através da minha calça com os pés.

A boceta de Gloria parecia tão atraente.

Seus lábios raspados molhados se separaram, mostrando sua excitação.

Acima deles havia um pequeno triângulo de cabelo de cinco centímetros de comprimento por dois centímetros de largura.

O próprio tamanho de seu triângulo púbico fazia parte de suas regras de trabalho não escritas, assim como o piercing no umbigo que brilhava em sua barriga.

"Abra essas pernas, baby", eu insisto. "Eu também quero ver o interior."

Um pequeno suspiro escapou de seus lábios, quando ela abriu as pernas e empurrou os quadris para cima.

Sua boceta, tão molhada e aconchegante.

Ele acha que ainda não tinha ferrado?

Por incrível que pareça, era verdade.

Ela fazia meu boquete diariamente e às vezes duas vezes por dia, mas eu nunca entrei em sua buceta.

A julgar por alguns de seus olhares desapontados e seu estado obviamente excitado, eu poderia ter entrado nele muitas vezes se quisesse.

Mas vamos enfrentá-lo.

Ele fazia boquetes sempre que queria e um relacionamento totalmente descomplicado.

A última coisa que ele queria fazer era bagunçar tudo e estragar tudo.

"Vire-se", eu disse a ele. "Eu quero foder sua boca."

Seus olhos imploravam: "Por favor, podemos fazer outra coisa?"

Mas ela obedientemente se virou, inclinou a cabeça para trás sobre a borda da mesa e seu cabelo caiu em cascata no meu colo.

Seus grandes olhos verdes estavam grandes e implorando: "Não faça isso hoje."

Mas era o dia de sua avaliação anual, afinal, e ela não tinha intenção de facilitar.

É por isso que eu queria foder sua boca; algo que ele costumava manter como punição.

Oh, eu sei, ela prefere ficar de joelhos e me fazer bem e ela me faria muito bem.

Ela era uma especialista em bater a língua, chupar bolas, beijos curtos, massagem na língua, provocação uretral, punho retorcido.

Como eu disse antes, ele era o chefe mais sortudo do mundo.

Levantei-me e puxei minhas calças e boxers até os joelhos.

Ela abriu a boca e fez o seu melhor para nivelar a garganta enquanto empurrava meu pau.

"Abra sua boceta para mim", eu pedi. "Eu quero ver essa boceta molhada enquanto eu fodo sua boca."

Ela rosnou e a explosão de ar quente fez cócegas em minhas bolas enquanto ela obedientemente separava os lábios de sua boceta.

Eu estava no céu

Empurrei sua boca de uma só vez até que meu púbis atingiu seu queixo.

Ele podia sentir sua náusea involuntária com a intrusão.

Oh, como ele odiava isso.

Não tanto porque era desconfortável, mas porque ele não conseguia falar bem ao terminar e também causava listras vermelhas em ambos os lados do batom.

Foi constrangedor para ela e ela fez o possível para evitar outras pessoas quando tudo acabou.

E enquanto ela estava indo muito bem, sendo o bastardo que sou, ela geralmente ligava para uma das outras garotas que trabalhavam com ela para pedir um relatório quando ela terminasse.

Só de pensar nisso, o sêmen fervia em minhas bolas.

Porra, pensei no jogo de basquete que assisti na noite anterior, trabalhando em todos os pertences, pensando em outra coisa, para evitar vir muito cedo.

Eu queria saborear o momento.

Quando recuperei o controle, acelerei o ritmo.

Sua respiração estava ficando mais difícil.

Gloria ainda estava segurando os lábios de sua boceta abertos, mas agora um dedo estava dançando sobre seu clitóris em pequenos círculos.

"Você sabe como fazer melhor", eu disse a ele. "Brinque com seus mamilos um pouco."

Estávamos aqui para o meu prazer, não para ela.

Senti seu rosnado zangado vibrar contra meu pau.

Suas longas unhas pintadas de vermelho moveram-se para cima, afunilaram e puxaram seus mamilos.

Merda!

Tive que pensar na atuação do árbitro mais complicada da partida de ontem apenas para recuperar o controle da minha mente.

Eu peguei mais rápido.

Sua garganta estava apertada em torno do meu pau.

Sua respiração engatou.

Porra, porra.

Tentei pensar no jogo de basquete novamente, mas não consegui mais.

Merda, eu gozaria sem remédio.

Mas então, antes que eu pudesse, ela agarrou meu pau, puxou-o para fora de sua boca e se sentou.

"Que porra é essa!" Quase gritei, esquecendo momentaneamente onde estávamos.

Ela tossiu, limpou a saliva dos lábios e apontou o dedo para o meu rosto.

"Eu não posso mais fazer isso", disse ele, sua voz rouca, rouca da minha devastação em sua garganta.

"Do que?" Fiquei surpreso "Você tem outra oferta de emprego? Você foi morar com algum idiota?"

"Não", disse ela. "Olha, eu sei que você tem me dado referências ruins sobre mim ... e você acha que eu não sei como eu sempre pareço fazer hora extra quando estou saindo com alguém. Ou como você aparece na minha casa de repente para verificar se estou com alguém. Que tipo de coisas estranhas só para garantir que ele não encontre uma saída para o nosso acordo?"

"Olha" merda, eu estava duro e precisava gozar. A última coisa que o senhor Polla ou eu queríamos era uma discussão. "Eu sei que posso ser um idiota às vezes, mas cuidei de você, não é? Eu me arrisquei quando ninguém mais teria feito. Você é uma das secretárias mais bem pagas aqui, mas a mais bem paga. E no Dia da Secretária, que sempre tem os melhores presentes?

"Eu não dou a mínima para isso", disse ele. Deus, ela realmente estava brava. "Esse arranjo já é uma merda. E vamos ter que resolver isso com outra coisa."

Ele queria sorrir com seu trocadilho involuntário, mas ela não parecia estar de bom humor.

Tenho certeza de que ele queria ficar com ele.

Ela não era uma má secretária e era incrivelmente atraente, sem falar em suas habilidades orais, que haviam crescido consideravelmente.

Mais importante ainda, o Sr. Polla não queria que eu perdesse a melhor coisa que acontecera a ele desde que descobri a masturbação quando adolescente.

"E mais você quer?" Eu lhe perguntei.

Eu esperava que ela me confrontasse.

Argumentando por um boquete por semana.

Tire uma folga.

Faça-me prometer que lhe darei algumas boas referências.

Em vez disso, fiquei surpreso quando ela se inclinou sobre a mesa, abriu aquelas pernas longas e lindas e se colocou à minha disposição.

CAPÍTULO 7

Era óbvio o que ele queria, mas eu ainda estava um pouco irritada com a maneira como ele comentou a situação comigo.

Não doeu que ele estava de volta no controle da situação novamente.

Então, em vez de transar com ela como um novo terreno, provoquei seu buraco quente com a cabeça do meu pau.

Ela tentou cambalear contra mim, mas eu me afastei e retomei minha provocação.

"Gloria", eu disse. "Não tenho certeza do que você quer. Por que não me diz?"

Ela tentou se empurrar contra mim novamente.

Mais uma vez, era óbvio o que ele queria, mas ele queria ouvi-la dizer isso.

Ela grunhiu, gemeu e arqueou as costas.

Deus, ela era tão fodidamente sexy.

No entanto, eu tinha sofrido pelo menos uma ou duas vezes todos os dias de trabalho nos últimos dois anos.

Eu me senti em uma posição de força muito melhor do que ela.

E, finalmente, ele provou estar correto.

"Eu não me importo com essas coisas, eu só preciso de você dentro", ele engasgou. "Eu preciso de você dentro de mim. Eu preciso que você me 'foda'. Porra, eu preciso tanto de você na minha boceta. Por favor, estou te implorando. Ugh, estou ... oh, Deus, estou tão desesperado."

Isso foi música para meus ouvidos.

"Você estava desesperada por um trabalho e agora está desesperada para ser fodida", disse a ela, ainda provocando sua boceta. "Pessoalmente, gosto do nosso acordo atual. Mas, você tem uma bucetinha gostosa aí embaixo. Você se importa se eu tomar isso como prova de seu compromisso com o trabalho?"

"Simiiiii!" ela gemeu, enquanto eu batia nela e empurrava meu pau duro dentro dela. "Oh sim, é isso, me foda. Foda-me com força."

"Shhh", eu assobiei.

Gloria lambeu alguns dedos para abafar seus gritos enquanto eu aumentava o ritmo.

Deus, ela estava quente e, oh, como estava molhada!

Meu pau brilhava com seu leite abundante.

Não demorou muito para que eu percebesse que iria explodir dentro dela e ainda não estava pronto.

Então eu me retirei e comecei a provocá-la mais uma vez.

Ela gemeu de consternação e tentou recuar e se empalar no meu pau.

CAPÍTULO 8

"Hmm, isso foi bom", disse a ele. "Mas você percebe que ao colocar sua boceta em risco, por assim dizer, você apenas coloca tudo dentro. . . "Enfiei meu pau no meio de sua boceta apertada, parei e puxei-a para fora completamente." E eu quero dizer isso. "Eu movi meu pau cerca de meia polegada para cima e empurrei contra o ânus enrugado e tenso em sua bunda." Que tal brincarmos com a parte sul? Você entende o que eu estou dizendo? Eu quero provar sua bunda por um tempo agora. . . Vamos ver qual buraco eu gosto mais. "

Gloria não se afastou.

Em vez disso, ela empurrou contra mim.

"Ummm, apenas ummm, oh, Deus, por favor, não me machuque", ela gemeu.

"Não deve doer muito com o quão lubrificada você está", eu a tranquilizei. "Apenas tente relaxar." E então eu empurrei em seu ânus apertado.

"Oh Deus. Oh Deus," ela engasgou, lutando para se retirar, mas minha mesa a segurou.

"Mantenha-o abaixado", eu assobiei.

Merda, o que ele estava tentando fazer para nos pegar?

De minha parte, diminuí a velocidade e parei quando ele estava com meu pau meio enfiado em sua bunda.

Devo dizer que foi puro prazer.

Justa?

Apertado, ncm mesmo começa a descrever o que senti quando estava em sua bunda.

Era como ter meu pau ordenhado por uma luva de veludo faminta.

Eu o peguei algumas vezes, bem devagar.

Vá mais devagar e mais devagar.

Basta colocá-lo ao meio de cada vez.

Gostaria de ter feito mais, mas Gloria estava fazendo muito barulho, mesmo com três dedos cerrados na boca.

Basta ter paciência, disse a mim mesma.

"Você tem uma bunda gostosa, Gloria", eu disse, puxando seu pau. "Vou ter que fazer isso de novo. Sim, obviamente."

Sua bunda era tão linda e seu ânus estava dilatado e vermelho.

Toquei com o dedo, fazendo-a ofegar, apenas por diversão.

Então, dei a volta na mesa e tirei seus dedos de sua boca.

Ela sabia o que queria, mas virou a cabeça para o lado, tentando evitá-lo.

"Vamos Glória", eu disse. "Por todos os buracos, baby. De que outra forma eu vou saber de qual buraco eu gosto mais? Além disso, terei que vir aqui antes de voltar para onde você quer que eu o coloque. Você sabe o que quero dizer, certo?"

Ela examinou meu pau com um olhar de nojo, mas no final, ela o queria em sua boceta mais do que ela não queria chupar.

Relutantemente, ele abriu a boca e pegou.

Eu segurei sua boca por alguns minutos, então me afastei e voltei para o outro lado da mesa e a virei.

Sua boceta tinha a altura perfeita.

Eu pulei os jogos e empurrei meu pau rudemente contra ela.

Eu bati em sua boceta no tempo da música.

Ela queria que eles soubessem que ela tinha sido fodida.

Gloria estremeceu e gemeu a cada estocada.

"Brinque com sua boceta e chupe seus dedos, baby." Eu disse a ela. "Estou me preparando para gozar e quero um colírio para os olhos."

E eu estava chegando muito perto de gozar e nenhuma brincadeira imaginativa ou pensando sobre o relatório que eu tinha que entregar em uma hora iria atrasá-lo ainda mais.

"Você está tomando comprimido, Gloria?" Eu perguntei, me forçando a desacelerar um pouco.

Ela balançou a cabeça.

"Não," ela murmurou.

"Mas você quer que eu goze dentro de você, certo?" Eu perguntei.

Ela balançou a cabeça, mas não foi o que disse.

"Sim", ela sibilou.

Saiu apenas como um sussurro.

"Então me diga," insisti. "Diga-me onde você quer. Diga-me o que você quer, seu ladrão sujo."

"Eu quero isso na minha boceta ... Eu quero que você goze dentro de mim."

Suas mãos agarraram minha bunda e me empurraram com força dentro dela.

"Eu disse para você parar de brincar com essa boceta?" Eu perguntei.

Ela balançou a cabeça e baixou as mãos de volta para a virilha, retomando o antigo círculo em torno de seu clitóris.

"Mais rápido", eu exigi e com um suspiro, ela obedeceu obedientemente.

Meu ritmo aumentou.

Droga, eu estava chegando perto e ela era linda pra caralho.

E a quantidade de controle que ele tinha sobre ela tornava a situação ainda mais quente do que ela.

Ela era minha secretária, minha última secretária.

Meias, tornozeleira, argola no dedo do pé, argola no umbigo, unhas compridas e cabelo preto platinado eram tudo para mim.

Deveria ser o suficiente para qualquer homem, mas ele queria mais.

"Eu quero que você vá para a clínica depois disso e pegue uma receita para a pílula, ok?" Eu a agarrei pelos mamilos e puxei.

"Sim," ele engasgou.

"Sim que?" Eu perguntei.

"Sim, mmm. Sr. Anderson."

"Eles precisam de exame pra isso, né, Gloria?" Disse.

Oh sim, o sêmen estava aumentando agora.

Isso seria em breve.

"Sim, Sr. Anderson."

"Eu quero que você vá lá quando eu terminar de te foder, entendeu?"

"Uhhmm, sim senhor, Sr. Anderson."

Suas longas pernas enroladas em volta da minha cintura, puxando-me para ela com cada impulso.

Sua boceta me apertou com força.

"O que eles vão pensar de você aparecendo com muito porra, hein Gloria? E é melhor você não ficar no caminho a não ser que queira molhar o lugar", disse a ela.

Eu podia sentir meus espasmos nas bolas.

Eu não conseguia mais me conter, estava nela ou nela.

"Ugh. Eu vou chegar ... onde você quer? Onde você quer?"

Seus olhos estavam fechados e seu rosto contorcido de paixão.

"Em mim! Em mim! Oh Deus! Oh Deus! Goze na minha buceta! Rápido ... porra, porra, eu vou também!" ela gemeu.

Jesus, ela falava alto.

Eu cobri sua boca com minha mão enquanto continuava a foder, bombeando esguicho após esguicho de esperma em sua boceta apertada.

Eu a fodi o mais forte que pude, jogando papéis da mesa no chão.

Gloria se sacudiu sob mim como um bronco, levantando sua bunda da mesa, enquanto segurava meu forte aperto entre suas coxas fortes.

Eu me senti fraco quando terminei, mas ainda havia muito o que fazer.

Quando saí dela, coloquei sua mão em sua boceta.

"Aguente tudo," eu pedi.

Então eu a ajudei a colocar a calcinha.

Quando ele moveu a mão, meu sêmen pingou, manchando sua virilha.

"Você não vai me forçar a sério a fazer isso, vai?" ela perguntou.

"Oh sim," eu disse. "Você vai. E então você vai me contar tudo sobre isso esta noite."

"Esta noite?"

"Sim," eu disse e a beijei. "Esta noite, quando eu te foder de novo."

"Por favor", ele implorou. "Não me obrigue a fazer isso ... eles vão descobrir ... e vão espalhar isso. Oh, Deus, eles vão ver tudo. O que vão pensar?" Ele olhou para o chão, recusando-se a olhar para mim.

"Eles vão pensar que você simplesmente teve a porra da sua vida."

"M-mas o que eu vou dizer?"

Eu levantei seu queixo, forçando-a a olhar nos meus olhos.

"Você dirá: Sim, senhor, Sr. Anderson."

Ele mordeu o lábio trêmulo.

Seus grandes olhos verdes estavam arregalados como pires.

"Sim senhor, Sr. Anderson."

"Além disso, tenho certeza que você vai pensar em 'algo' para dizer ao médico ou enfermeira. Diga a eles que você caiu e pousou no pau do seu chefe no caminho para o almoço." Eu disse a ele e dei um tapinha em sua bunda enquanto caminhava. mansamente fora da porta.

Sim, ser chefe tem seus privilégios.

FIM

43

SITUAÇÃO INESPERADA
ERIKA SANDERS

45

Capítulo I

"Estarei esperando você no quarto, coloque algo revelador", dissera John.

Eles o tratavam como comida para viagem, Gina pensou quando a ligação terminou.

E foi assim que ela se sentiu agora, ao aplicar a maquiagem no espelho de maquilhagem: olhos sombreados, lábios vermelhos em forma de coração e maquiagem suficiente no rosto para não fazê-la parecer uma figura de museu de cera.

Mais alguma coisa que você queira, querida?

Satisfeita com o trabalho, ela andou descalça pelo tapete do quarto, vestida apenas com sutiã e calcinha e abriu o armário.

De uma prateleira acima de onde estavam suas roupas, ela pegou uma pequena caixa de dinheiro e a levou para a cama.

Quando ela abriu, muitas notas de dez e vinte caíram nos lençóis de seda.

Gina contou quatro entre vinte e manteve os outros dentro da caixa.

Ela colocou a caixa de volta no armário, guardou o dinheiro na bolsa e começou a se vestir.

John morava do outro lado da cidade em uma luxuosa moradia de cinco quartos perto do canal.

Ele levaria dez minutos para dirigir até lá, dependendo do trânsito da tarde.

Ele era um cliente relativamente novo que ele servira seis vezes até agora.

Ela odiava isso.

Ele era arrogante, rude e completamente pervertido.

Ele era descendente de italianos: cor de pele verde-oliva, nariz grande e cabelos pretos grossos por todo o lado.

John adorava comer e Gina achou que ele parecia uma mistura entre um gangster dos anos 40 e um porco com barriga de porco.

Ele se gabara de seus laços com o submundo do crime, mas Gina não tinha certeza de quanto do que ele dizia era verdade.

Ela pensou que ele estava apenas tentando impressioná-la.

Ela não conseguia entender por que os homens pensavam que isso era atraente para as meninas.

Gina odiava a violência e desligou um filme ao primeiro sinal de sangue ou violência.

Mas John estava definitivamente em algum tipo de negócio não confiável.

Ela tinha visto armas em sua casa.

Ela ouvira telefonemas acalorados durante o relacionamento sexual que John se recusava a ignorar.

Falando sobre dinheiro e drogas.

Ela encontrou homens odiosos como John: gananciosos, egoístas, desonestos e corruptos.

No entanto, ela precisava muito do dinheiro.

A vida de Gina estava cheia de dívidas.

Um curso universitário de ciências humanas, o mini Fiat, que levava a sua função de secretária todos os dias, comprando roupas, férias em Ibiza e um empréstimo que ela havia contratado para mobiliar seu apartamento.

Ela estava nadando em dívida, mas as empresas de empréstimo nunca a negaram.

E foi por isso que ela trabalhava como acompanhante particular no último ano.

Privado era a palavra-chave.

Ela não tinha publicidade on-line, com muito medo de que sua família ou amigos descobrissem seu segredo sórdido.

Caso contrário, ela confiava no boca a boca e em seus frequentadores, caras como John.

O primeiro homem que a pagou para fazer sexo com ela foi nomeado Peter.

Ela o conheceu em um site de namoro após seu rompimento com Adams, mas soube instantaneamente que não era para ela.

Não era o fato de ele estar na casa dos quarenta e quinze anos mais velho que ela.

Na verdade, essa foi a razão pela qual ela o conheceu, pensando que um homem mais velho poderia dar a ele o que Adams, um garoto de 24 anos, não poderia.

Compromisso, segurança, novas experiências sexuais, talvez.

Ela simplesmente não sentia conexão com Peter, e sabia disso uma hora depois do primeiro encontro, jantar para dois em um restaurante indiano na parte mais agradável da cidade.

Ela se despediu e agradeceu por uma refeição deliciosa, pensando que seria a última vez que o veria.

Mas Peter estava mais interessado nela do que ele pensava inicialmente.

Ele entrou em contato com ela dois dias depois com uma oferta de pagar por sexo.

Gina ficou surpresa a princípio, até ofendida.

Com seu bronzeado profundo, cabelos loiros tingidos e propensão a revelar roupas, ela sabia que causava uma certa impressão atraente.

Mas isso não a tornaria uma raposa, ou alguém que abriria as pernas ao primeiro sinal de problemas financeiros.

Ela certamente conheceu garotas que o fariam.

Mas Peter parecia ser um cara tão legal, e quanto mais Gina pensava em sua dívida, ela começou a se perguntar que mal havia em aceitar a oferta. Haveria um benefício mútuo.

Peter a possuiria e ela receberia o dinheiro que precisava desesperadamente.

Se ninguém se machuca, qual foi o problema?

Gina era ingênua, no entanto.

Ela nunca imaginou o quão viciante o sexo pago poderia ser, nem o quão miserável e barato isso a faria se sentir.

Para piorar as coisas, Peter não era o cavalheiro que ela pensara que ele fosse.

Logo se espalhou a notícia de que ela era boa em seus serviços e isso só poderia ter acontecido porque ele a espalhou diretamente.

Ofertas de todos os tipos, através do site de namoro em que ela conheceu Peter, encheram sua caixa de correio.

Ele não podia acreditar em quantos homens mais velhos estavam procurando mulheres mais jovens para fazer sexo e quantos estavam dispostos a pagar por isso.

Foi muito lucrativo para ela e ela logo aprendeu que poderia ganhar mais dinheiro se quisesse aumentar um pouco mais seus limites.

Os homens pagavam mais por coisas como anal, dominação, chuva de ouro e vários tipos de role-playing games.

Gina havia investido em uniformes de colegial, lingerie sexy e chicotes. Ela comeu tudo o que lhe foi sugerido, colocou todos os tipos de objetos dentro dela e até fingiu amamentar um homem de cinquenta anos usando uma fralda.

É claro que John, com seu dinheiro, desfrutara de todos os serviços disponíveis.

De prostitutas de alta classe a estrelas porno e até modelos de página três.

Era uma obsessão que beira o vício.

Parecia que todas as meninas jovens e bonitas estavam dispostas a vender seus atributos enquanto ainda os desejavam.

Foi trágico.

Portanto, não foi uma surpresa que, depois de saber de um amigo, John contatou Gina.

E hoje seria a quinta vez que eles estariam juntos.

Gina olhou o relógio e arrumou as roupas no espelho do corredor. Tudo terminará em um ano, menina, ela lembrou a si mesma.

'Você consegue.'
Então ele pegou suas chaves e saiu pela porta.

Capítulo II

Dez minutos depois, ele parou na Midesting Road.

Passava pouco das dez e meia e uma festa na piscina de uma das outras casas estava a todo vapor.

Ele atravessou os portões de ferro forjado da casa de John e estacionou o Fiat na estrada.

O luar brilhava no teto do Mercedes prateado de John quando ele ouviu o som de seus calcanhares rangendo através do cascalho e ele caminhou para o lado da casa.

John havia dito para ele entrar pela entrada dos fundos.

Hoje à noite eles vão jogar um role-playing game.

Ele estará deitado na cama e ela entrará, como um ladrão, e o surpreenderá.

John adorava misturar as coisas.

Ela nunca havia conhecido um homem tão sexualmente imaginativo.

Ele parou no meio da lateral da casa e olhou para cima e para baixo no beco.

Ela tinha certeza de que ninguém a veria lá, mas ela queria ter certeza, apenas por precaução.

Ela puxou a calcinha para baixo, deslizando-a pelos calcanhares, depois ajustou a saia.

Ela enfiou a calcinha na bolsa.

Renda vermelha, a favorita de John.

Então ela tropeçou nos calcanhares pelo caminho e abriu a porta do quintal.

Uma lixeira de metal tocou quando ele a chutou acidentalmente com a ponta do salto afiado.

'Estúpido!' Ela se repreendeu.

A luz da cozinha estava acesa e a porta do pátio estava aberta.

John deve ter deixado aberto para ela.

Gina afastou os cabelos, continuou sua caminhada sensual e entrou na casa.

Ele sentiu o cheiro de queimação quando entrou na cozinha e fechou a porta.

Provavelmente era um dos charutos que John gostava de fumar.

Ele era um gangster que fumava.

A casa estava silenciosa.

John deve estar esperando por ela na cama, como ele havia dito.

Gina atravessou a sala de jantar muito cuidadosamente mobilada, todos os móveis modernos e madeira em um tom vermelho escuro, e saiu para o corredor.

Ela olhou para a escada em espiral.

"John", ele disse ironicamente. "Você está pronto ou não?"

Seus calcanhares batiam nos degraus polidos enquanto ela subia as escadas.

Quando ele entrou no corredor, viu a porta do quarto de John aberta.

A luz estava acesa, mas ainda não fazia barulho.

Então ele ouviu um rangido.

'John?'

O desgraçado provavelmente estava sentado em seu trono no banheiro privativo.

Gina alisou os cabelos, abaixou o decote e entrou na sala.

Tudo parecia parar naquele momento.

O corpo inteiro de Gina congelou.

Deitado na cama, completamente nu e olhando para o teto, estava John, com uma poça de sangue encharcando os lençóis ao redor dele e sua garganta cortada.

Gina gritou.

Uma figura sombria saiu de trás da porta e a agarrou, passando um braço em volta do pescoço e colocando a mão sobre a boca.

"Não faça barulho ou eu também cortarei o seu", disse ele.

Gina sentiu a ponta afiada e fria de uma faca em volta do pescoço.

'Quem é?' ela gemeu.

"Alguém com quem você não gostaria de se meter"

O homem apertou seu pescoço com o antebraço musculoso.

'O que você está fazendo aqui?'

'Vim ver o John'.

'Para que?"

"Ele me pediu para fazer isso."

'Por quê?' o homem exigiu.

"Só para ver."

Ele esmagou a traquéia de Gina com o braço, fazendo-a engasgar.

'Por quê?' grito.

'Fazer sexo', Gina conseguiu balbuciar.

Ela começou a tossir quando o homem aliviou a pressão em volta do pescoço.

'Você é uma prostituta? ' ele disse.

'Não!'

'Então que?'

'Uma escolta'.

"É o mesmo", disse o homem.

Gina não disse nada, com muito medo de que o homem pudesse quebrar seu pescoço ou esfaqueá-la se ela o contradisse.

"Parece que temos um problema", disse ele.

Ele se virou para o corpo sem vida de John, segurando Gina firmemente entre o braço e o peito.

Gina sentiu que ficaria doente por ver tanto sangue.

"Agora você é testemunha de um assassinato."

Por favor, Gina implorou.

Não vou contar a ninguém. Apenas me deixe ir. '

Capítulo III

Uma risada sinistra veio do homem.

"Certamente você entende que não será tão fácil assim."

O medo passou pelo corpo de Gina.

Ela sentiu a urina quente começar a escorrer por dentro das pernas.

Ela não queria morrer esta noite.

O homem agarrou o braço dela com a mão enluvada de couro e a levou ao banheiro.

Ele fechou a porta atrás deles e virou-se para olhá-la.

Gina voltou para um canto quando viu o rosto dele.

Ela não esperava que fosse um dos rostos mais bonitos que já vira, mas era a cicatriz profunda escorrendo por um lado de sua bochecha que mais a surpreendeu.

E seu corpo parecia feito para matar, com ombros campeões de boxe e isso poderia quebrar um pescoço ao meio.

Ele era um monstro.

Ele a olhou de cima a baixo com duros olhos azuis.

"Quem sabe você está aqui?"

'Ninguém! Por favor, você pode me deixar ir e fugir. Garanto-lhe que não direi à polícia.

Ele se aproximou dela em um ritmo lento e predatório.

É tarde demais para isso. Você já viu meu rosto.

'Eu prometo que não vou contar. Por favor, nem você nem John me preocupam, eu só quero ir para casa. Eu não quero morrer. "Gina começou a chorar.

O homem colocou a mão enluvada no ombro nu e chegou ameaçadoramente perto do rosto dela.

Gina sentiu o ar quente do nariz roçar suas bochechas.

"Agora, agora, agora", ele ronronou. "Por que estragar esse lindo rosto?"

Ele passou um dedo longo pela bochecha manchada de lágrimas de Gina.

O corpo inteiro de Gina virou gelo quando sentiu o toque dele.

Havia algo extremamente conflitante sobre a atração que ela sentia pelo corpo desse homem e o medo que sentia de estar preso na parede por alguém que sabia que poderia matá-la facilmente.

Ele se aproximou e passou a língua áspera pelo rosto dela, fazendo-a sentir um arrepio percorrer sua pele.

Ela não esperava o que viria a seguir.

A mão enluvada do homem deslizou sob a saia dela, seus longos dedos sondando seus lábios expostos.

"Garota malcriada", disse ele em sua descoberta inesperada.

'Por favor ... oh'

O homem havia tirado a luva e um dedo longo e carnudo estava agora dentro dela.

Ele encontrou o clitóris de Gina suavemente e o massageou, criando um calor que começou a se espalhar dentro dela.

Ele passou a língua pelos contornos firmes do pescoço de Gina ao mesmo tempo.

Gina se virou e viu seu reflexo no espelho acima da pia.

E ele também viu essa fera alta e estranha afundando em seu pescoço como um vampiro, com a lâmina da faca na mão livre brilhando na luz de halogênio como um aviso.

Ela não se atreveu a se mexer por medo de que ele usasse sua ponta afiada contra ela.

O homem se afastou e correu o olhar sobre o corpo dela.

Havia uma profunda excitação neles, como se ele pudesse ver seu corpo nu através da roupa.

Ele tirou a bolsa do ombro dela e a jogou no chão, quando um tubo de batom e calcinha vermelha se derramou sobre os azulejos.

Ele agarrou um de seus seios através do colete apertado e apertou-o gentilmente, depois passou o dedo pelo mamilo enquanto ela endurecia.

Ela era massa de vidraceiro nas mãos dele.

"O que você vai fazer comigo?" Ela perguntou.

"Como estamos sozinhos e temos o lugar pronto apenas para nós, vou lhe dar o que aquele cara ali nunca te deu."

Oh Deus, Gina pensou. Isso não.

Sentindo seu medo, o homem sorriu.

'Não te preocupes. Depois de me experimentar em sua vagina, você ficará feliz por o outro estar morto.

O homem estava certo que eles estavam sozinhos.

Sem vizinhos por perto, qualquer pedido de ajuda produziria resultados mal sucedidos.

Se ... se ela concordasse, ela fizesse o que o homem disse, ela poderia sair de casa viva.

Com todas as outras probabilidades contra ela, que outra opção ela tinha além de jogar o melhor jogo de RPG da sua vida?

Então ele tomou uma decisão.

Ela estava indo para fazer o melhor desempenho de sua vida.

E se falhasse, ela tinha um plano de backup.

"Tire isso", o homem rosnou, acenando com a cabeça em direção ao colete.

Gina fez o que ele disse.

Quando o colete deslizou sobre a cabeça, ela sacudiu os cabelos e o encarou.

"Eu quero que você fique nua também", disse ele.

O homem soltou uma risada zombeteira.

Você não vai me dizer o que fazer. E eu não sou tão estúpido como você parece acreditar. Jogue no chão. Ele acenou com a cabeça em direção à saia de Gina.

Ela desabotoou a saia e largou-a pelas pernas, depois chutou-o com os calcanhares.

Ela estava lá na frente dele, de salto alto e sutiã, e com os lábios vaginais raspados expostos ao ar fresco do banheiro.

Ele ergueu os olhos azuis rodeados de rímel para o olhar penetrante de seu seqüestrador.

"Que doce e lindo", disse ele, respirando pelas narinas. 'Inversão de marcha.'

Gina se virou e olhou para a parede de azulejos.

Através do reflexo do espelho, ela viu o homem se inclinar e acariciar sua virilha enquanto ele estudava sua bunda.

O grande caroço que ele viu saindo de suas calças o deixou saber que estava bem dotado.

Ele a fez se inclinar para frente, agarrou seus quadris e trouxe sua virilha na direção dela.

O caroço duro e gordo pressionava agora contra a fenda de suas nádegas.

Sua mão nua tocou sua bunda e ele a empurrou para frente, a faca ainda firmemente presa na outra.

Gina o observou enquanto o colocava no balcão perto da pia e começou a desabotoar suas calças.

Ela olhou para a faca, lutando contra o desejo de agarrá-la.

Mas ela sabia que não podia ser tão estúpida; com seu tamanho, o homem dominaria seu corpinho de um metro e meio em segundos. Ainda assim, foi tentador ... muito tentador.

Sua calça preta caiu no chão, revelando um par de boxers, também pretos, sobre enormes coxas musculosas.

Sua ereção subiu até a barra, inchada e enorme.

Gina engoliu o suspiro que quase escapou de sua boca.

Como ele conseguiu entender tudo isso?

O grande galo estava esticado contra o tecido apertado de sua bermuda, ansioso para sair.

Quando o homem os puxou, a grande cabeça roxa caiu nas bochechas de Gina.

O membro grosso e muito veemente tinha pelo menos dez centímetros de comprimento.

O assassino era um Adonis sexual.

Ele agarrou seu quadril com a mão ainda enluvada e pegou seu pênis com o outro, guiando-a até os lábios vaginais de Gina.

Quando ela sentiu o pau quente e macio entre os lábios, Gina ofegou.

E quando ele empurrou para dentro, seus joelhos quase dobraram.

O pênis entrou em uma profundidade arrojada, pulsando de excitação dentro de sua vagina quente e molhada.

Chegou a uma área dentro de Gina que nunca havia sido penetrada antes, e seu clitóris traiçoeiro começou a bombear de excitação, a umidade se acumulando em seus lábios e paredes para acomodar esta emocionante chegada nova.

O homem começou a empurrar, seus quadris fortes foram capazes de forçar a dureza das paredes internas de Gina com uma velocidade extraordinária.

Pareceu incrível.

Ela agarrou a borda do balcão da pia enquanto ele continuava a penetrar seus lábios vaginais molhados, suas bolas batendo nela.

Ele tirou a outra luva e, com suas surpreendentemente grandes mãos macias, percorreu sua espinha e abriu o sutiã.

Ele caiu no chão de azulejos, liberando seus seios.

Agora ela estava apenas de salto quando o animal enorme a atingiu por trás.

Gina sentiu ele se afastar, sua boceta ficando um instante de alívio momentâneo.

Mas não demorou muito para que seu pênis estivesse dentro dela novamente, mas desta vez em direção a sua bunda.

O enorme pênis do assassino penetrou nas dobras apertadas do ânus de Gina, enviando uma dor aguda em sua direção que a atravessou.

Por um momento, ele pensou que não seria capaz de suportar a dor, músculos cerrados para ejetar esse objeto estranho, mas depois relaxaram quando a dor começou a se transformar em prazer.

Gina já havia recebido sexo anal antes, mas não de um falo tão grande quanto este.

O prazer que a dominava agora não era comparável a nada que ela já sentira antes.

Ela teve que se lembrar de onde estava.

Na casa de John, sendo fodida por um homem que acabara de matá-lo.

O cadáver de John, que já estava com um pouco de frio, jazia a alguns metros de distância na outra sala como uma horrível efígie de seu antigo eu.

Gina sabia que nunca seria capaz de apagar essa imagem de sua memória, não importa o quanto a tivesse desprezado.

E apagaria seu ódio por ele se ele pudesse voltar vivo e ajudá-la agora.

Mas há algo de estranho no que acontece quando você enfrenta uma ameaça de morte e Gina a vivenciou pela primeira vez neste banheiro em que estava agora em cativeiro.

Um instinto toma conta, tão primordial que você não se sente mais como um instinto animal.

E você sabe que fará qualquer coisa para sobreviver.

Capítulo IV

O homem bateu na bunda com estocadas furiosas, saliva saindo de sua boca, seu belo rosto avermelhado e excitado.

Os sons baixos e guturais que ele estava fazendo avisaram Gina que ela estava prestes a gozar.

Ela agarrou a borda do balcão com força.

As pontas de seus dedos ficaram brancas enquanto ele segurava.

'Droga', o homem gemeu.

'Vou correr'.

E ele fez, e um suspiro pesado saiu de sua boca, ele fechou os olhos e inclinou a cabeça para trás ...

E Gina aproveitou a oportunidade.

Ele largou o balcão e pegou a faca.

Com uma varredura brusca e vigorosa do braço, ele a mergulhou no pescoço do agressor.

Ela pulou e pressionou as costas contra a parede, os ladrilhos frios nas costas encharcadas de suor.

De olhos arregalados de medo e preocupação, Gina viu o homem em uma postura estática, engasgando quando seus grandes olhos a encararam.

A faca se projetava de seu pescoço grosso e brilhante e sangue vermelho escuro escorria pelo colarinho de seu casaco preto.

Seu pênis ainda estava ereto, uma trilha brilhante de esperma pendendo da ponta.

Seus olhos atordoados permaneceram presos nos de Gina quando sua boca se abriu e o sangue derramou sobre seu lábio inferior.

Ele conseguiu engolir a palavra 'cadela' antes de cair para trás e bater na porta.

Gina olhou para ele por um momento, seu peito subindo e descendo, antes de soltar uma risada louca. Seu plano funcionou.

Primeira vez. Ela o viu no espelho fechar os olhos enquanto ele ejaculava, por isso ficou encantada com o fato de ele ter facilitado o ataque.

Ela pegou suas roupas e rapidamente se vestiu, desta vez colocando a calcinha de volta.

Ela pegou a bolsa e chutou o atacante com a ponta afiada do calcanhar. Então ela cuspiu no rosto dele.

- Isso é por me chamar de cadela, seu filho da puta!

Ele empurrou o corpo para trás para poder abrir a porta.

A parte de trás do crânio atingiu o tapete com um baque quando ele abriu a porta.

Ela andou na ponta dos pés sobre o corpo ensopado de sangue e entrou no quarto.

Ela olhou para o corpo de John na cama.

Sangue no chão.

Sangue na cama.

Morte onde quer que olhasse.

Foi demais.

Gina saiu correndo da sala e desceu a escada em espiral o mais rápido que os calcanhares podiam carregá-la, com triângulos vermelhos manchando o chão enquanto ela passava.

No fim da escada, ela parou, enxugou as lágrimas e controlou os pensamentos.

Esse estilo de vida arruinou tudo para ela.

Ele a tornara infeliz e cínica com os homens.

Ele havia reorganizado seu moral.

E aquele bastardo gordo e morto era um dos piores com seus modos corruptos e fantasias sórdidas.

Ele era um modelo na sociedade, mas espalhou e infectou tudo o que tocou com seus modos corruptos.

Incluindo ela.

Isso fez dele algo que ela não era.

E agora ele a transformara em assassina.

Ela havia matado em legítima defesa e a merda que jazia em uma poça de seu próprio sangue merecia tudo o que havia acontecido com ela.

Mas ela sabia que nunca esqueceria.

Como ele a maltratou como se ela não passasse de uma prostituta suja, e como seu corpo a traiu ao responder com prazer ao toque de suas mãos sujas e assassinas.

Quantas vidas de outras jovens mulheres esses dois devem ter arruinado?

E quanto essas meninas ainda estavam sofrendo?

Não vou mais sofrer, pensou Gina.

Ele subiu as escadas correndo e entrou no quarto.

A visão dos dois cadáveres a fez vomitar, mas ela engoliu a náusea com um cotovelo e se aproximou da cama.

O rosto de John era uma máscara de horror, a boca negra e aberta como um peixe, os olhos congelados de terror.

Gina desviou o olhar e pegou o bracelete de ouro em torno de seu pulso atarracado.

Havia um medalhão fino e retangular que prendia a corrente.

Ela abriu e leu o número dentro: 47689.

Repetindo o número na cabeça como um mantra, ela fechou o medalhão e enfiou a mão na bolsa.

Ele pegou um lenço e limpou as impressões digitais do medalhão.

Ele deu a John um último olhar desdenhoso antes de se virar e correr escada abaixo.

Ela correu pelo corredor até chegar ao escritório de John e abrir a porta.

Ele examinou a sala até que seus olhos caíram no que ele havia buscado.

O cofre de John.

Ele se gabara de seu conteúdo em uma das visitas de Gina e ela exigira saber o que havia dentro.

"Jóias finas", ele dissera com um sorriso arrogante.

"Vale mais do que esta casa inteira."

Então ele bateu a corrente no pulso dela e levou o dedo aos lábios. "Shh".

Gina caminhou até o cofre na parede e discou a combinação.

O cofre clicou, indicando que poderia ser aberto.

Ela abriu a porta de aço e olhou para dentro.

No topo de uma pilha de envelopes marrons, havia uma caixa de jóias aveludada e vermelha.

Gina sentiu um nó no estômago.

Ela a abriu para encontrar o colar de diamantes mais incrível que já tinha visto, com suas pedras lindamente trabalhadas brilhando com efeito cinematográfico.

"Vale mais do que esta casa inteira", ela sussurrou para si mesma.

O suficiente para pagar todas as suas dívidas e muito mais.

Com o coração batendo dentro do peito, ela fechou a tampa e colocou a caixa de joias dentro da bolsa.

Então ela fechou o cofre e esfregou o lenço sobre os possíveis traços.

Ela correu para fora do escritório e seguiu pelo corredor até a porta da frente, verificando se seus saltos não deixavam nenhuma marca incriminadora em suas placas brilhantes.

Não é teu.

Ela abriu a porta da casa.

O ar fresco e macio atingiu suas bochechas quando ela entrou na noite e o fardo da presença na casa escorregou instantaneamente de seus ombros.

Por fim, livre, ela correu pela entrada de cascalho e pulou no carro, jogando a bolsa no banco do passageiro.

Ela deixou cair a cabeça no volante e soltou um grito profundo e gutural.

Exausta e exausta, ela enfiou a mão dentro da bolsa e pegou o telefone.

Ela discou 911.

"Polícia, por favor, acabei de matar um homem."

FIM